Société Havraise d'Études Diverses

(Extrait des Publications de 1861)

IXUS LE GUI DE CHÊNE

Par Victor FLEURY.

HAVRE

IMPRIMERIE LEPELLETIER, PLACE LOUIS-PHILIPPE, 12

1862

IXUS LE GUI DE CHÊNE

D'APRÈS HÉGÉSYPPE MOREAU

PRÉFACE.

Parmi les poëtes remarquables de notre époque, si féconde en écrivains de tous genres, bien peu ont eu autant à souffrir que le pauvre Hégésyppe Moreau, bien peu ont été aussi méconnus, aussi froidement abandonnés à la misère et au découragement.

Nous disons bien peu, car nous n'oserions dire aucun, certain que l'on ne manquerait pas de nous opposer le nom d'un autre poëte , douce et plaintive muse, plus cruellement délaissée et plus malheureuse encore : ce nom c'est celui d'une jeune fille ; c'est celui d'Elisa Mercœur !

Nous sommes loin, dans ce rapide exposé, d'avoir la prétention de jeter le blâme sur qui que ce soit ; pas plus sur ce qu'on appelle la société, que sur des individualités ; pas plus sur les écrivains heureux qui prennent toutes les places au soleil, que sur les hommes qui, par leur position officielle, ont pour mission spéciale d'encourager les arts.

Nous constatons un fait, voilà tout.

Hégésyppe Moreau est mort sur un lit d'hôpital, comme y sont morts avant lui Malfilâtre et Gilbert, comme y sont morts bien d'autres hommes de talent, d'avenir et de génie. Mercœur a succombé sous le poids d'une indigence que ne put vaincre le travail incessant qui nous l'enleva si jeune : chacun d'eux a accompli sa fatale destinée !..... A quoi donc serviraient de tardives et stériles récriminations sur un passé douloureux ?... A rien.

Quelle influence auraient-elles d'ailleurs sur le présent ou sur l'avenir?... Aucune.

Les deux tombes se sont refermées, il n'y a plus qu'à les orner de fleurs. Seulement, ce soin ne saurait être attribué aux hommes de spéculation littéraire ; il revient de droit aux poëtes.

Nous n'avons pas non plus l'intention de faire ici une notice biographique sur celui qui nous occupe : cette tâche a été remplie depuis longtemps, et certes beaucoup mieux que nous ne le pourrions faire.

Hégésyppe Moreau est né à Provins : là, il a connu quelques jours de bonheur ; là, il a écrit de charmantes poésies, où la grâce le dispute au sentiment ; mais là aussi, pour quelques traits d'esprit un peu vifs, il s'est vu persécuté comme doit s'attendre à l'être, dans sa ville natale, tout homme supérieur. Alors Hégésyppe s'est acheminé vers Paris, où il a écrit encore, où il a aimé, où il a souffert, où, enfin, il est mort à vingt-huit ans.

Voilà sa vie en peu de mots :

Des écrivains de talent et de cœur ont dit à ce sujet plus que nous ne pourrions dire : la tribune même a retenti du nom du poëte prolétaire : puis des prôneurs se sont trouvés dès qu'il n'en a plus eu besoin ; ils ont posé des couronnes sur le front pâle et glacé du mort et effeuillé l'immortelle sur sa tombe ; un éditeur quelconque a recueilli les fruits de cette gloire posthume.........

Quoi de mieux que tout cela ?...

Vous le voyez, ce n'est point à nous d'entrer dans les détails d'une telle vie et d'une telle mort.

Seulement, nous avons voulu, nous aussi, à présent qu'un religieux silence commence à planer autour de son cercueil, et que l'éloge banal le laisse en paix, nous avons voulu y déposer quelques-unes de ces fleurs qui doivent plaire aux poëtes et les faire tressaillir sous la terre, parce que ces fleurs sont sœurs de celles qu'ils ont effeuillées pendant leur vie. Et pour que cette offrande parût plus douce au pauvre Hégésyppe Moreau, c'est de lui-même que nous nous sommes inspiré ; c'est à lui que nous avons demandé la couronne que nous lui destinions dans notre cœur. Si nous avons commis un sacrilége (et c'est là notre crainte), qu'il nous soit pardonné en faveur de l'intention.

Ici, un mot d'explication devient nécessaire.

Hégésyppe Moreau, poëte dans toute l'acception du mot, doué d'une imagination riche, mais vagabonde, tantôt joyeuse et satirique, tantôt triste et morose, mais plus souvent rêveuse et tendre, a jeté, à la suite de ses poésies, plusieurs contes en prose où se retrouvent toute la fraîcheur, toute la délicieuse naïveté de sa plume.

Parmi ces contes, il en est un que nous n'avons pu lire sans un profond attendrissement, et qui nous a paru un véritable chef-d'œuvre de goût et de gracieuse simplicité : c'est *le Gui de Chêne*.

M. Louis Ratisbonne, dans un article biographique sur Hégésyppe Moreau (*Journal des Débats* du 10 Novembre 1860), résume ainsi cette nouvelle qui peut, dit-il, passer pour l'élégie personnelle du poète et de ceux qui lui ressemblent :

« Ixus, le gui chétif enté sur les grands chênes, est un
» frère souffreteux des robustes fils d'Hercule ; il est amou-
» reux chastement de sa sœur, la douce Macaria. Un jour
» qu'il dormait abandonné dans son berceau, Apollon souffla
» sur les lèvres de l'enfant débile et délaissé. Ses lèvres en
» devinrent à jamais harmonieuses ; mais l'haleine du dieu
» avait glissé brûlante jusque dans la poitrine. Depuis ce

» temps le cœur palpitait toujours, et une flamme intérieure
» consumait le pauvre enfant. Ses frères lui disaient : Sois
» bon à quelque chose, apprends à faire des autels et des
» statues. Mais le ciseau et le marteau étaient trop lourds.
» Puis une vision s'interposait entre le dur Paros et la main
» du sculpteur ; ses lèvres murmuraient le nom d'une femme
» et il restait à rêver. Il s'essaie alors à lire dans le Ciel, à
» s'instruire dans la science fructueuse des vieillards de la
» Chaldée ; mais il ne voit dans les étoiles qu'une image et
» qu'un nom : celle qu'il aime, et il rêve. Il veut chasser
» comme ses frères : les oiseaux des bois se posent en chan-
» tant sur son carquois inoffensif ! Ses frères alors le battent.
» Ils ont bien raison : Ixus n'est bon à rien, qu'à mourir au
» premier coup de vent. Il succombe en effet à l'excès de sa
» joie en apprenant qu'il est aimé.

» Hégésyppe Moreau est cet enfant débile qui porte un
» souffle divin dans sa poitrine, non pas le grand souffle qui
» s'échappe de la bouche en paroles puissantes et sonores,
» et qui soulève la multitude, mais ce petit souffle qui brûle
» tout doucement les cordes du cœur, dont il tire sans grand
» éclat quelques sons harmonieux et touchants. Vienne la
» bise, vienne sutout, hélas ! la tempête de la douleur, et les
» cordes, minées par le feu intérieur, se brisent, et, comme
» dans le refrain de la chanson, on peut dire alors en frap-
» pant au nom du poëte à la porte du public :

» Ouvrez, c'est le pauvre gui de chêne qu'un coup de vent
» a fait mourir ! »

C'est à ce conte du *Gui de Chêne* que nous avons emprunté
tout ce qu'il peut y avoir de bon dans le travail qui va suivre,
déclarant d'avance être prêt à accepter sans murmure tout
reproche qu'il peut encourir, comme la juste punition d'une
folle hardiesse qui ne saurait avoir d'autre excuse que le sentiment qui l'a dictée.

IXUS LE GUI DE CHÊNE

I.

Au temple d'Apollon la foule était immense
Et bruïssait ainsi que la mer en démence,
Avide elle attendait.....

        Ce jour là, trois guerriers,
Fils d'un père immortel, du trône dépouillés,
Bannis d'Argos, fuyant tous trois de ville en ville,
A Delphe étaient venus consulter la sybille ;
Car Athène écoutant un élan généreux,
Toujours prête aux combats déjà s'armait pour eux,
Et les jeunes héros voulaient, suivant l'usage,
Interroger le sort......

        Partout sur leur passage,
Voyant en eux la grâce et la beauté du corps,
Le peuple s'écriait : Dieux, qu'ils sont grands et forts !
Delphes à leur aspect, à leur démarche altière,
Delphes les admira comme la Grèce entière......
C'est qu'en effet, tous trois, les illustres proscrits,
De l'indomptable Hercule étaient les dignes fils ;
Ils avaient sa fierté, sa force, son courage,
Et loin de se courber, frémissans sous l'orage,
Paraissant défier ou la mort ou l'affront,
Pleins d'audace et d'orgueil ils relevaient le front......

        ....

Près de là, deux enfants inquiets et timides
Elevant vers l'autel leurs yeux de pleurs humides,

Modestement cachés priaient avec ferveur
Pour les guerriers d'Argos, et, comme une faveur,
Ils demandaient aux dieux dans leurs humbles prières,
A subir le destin qui menaçait leurs frères !......
L'un, dont l'âme brûlait au souffle d'Apollon
Etait un doux poëte, Ixus était son nom ;
L'autre, suave enfant, naïve jeune fille ,
Pur rayon de vertus brillant sur la famille,
C'était Macaria......

II

.... Tout-à-coup l'œil en feu
Et murmurant déjà les paroles du Dieu,
La sybille parut, haletante et plaintive,
Puis jeta cet oracle à la foule attentive :
« Minerve combattra !..... sur son casque divin ,
Le hibou dit : J'ai soif, et se débat en vain.... .
      Minerve appelle la victoire.....
La victoire est sa sœur et ne la fuit jamais.
Je l'entends ; elle arrive à grand bruit d'ailes, mais
Le hibou dit : J'ai soif ! et veut du sang à boire.
Argos attend ses rois pour les déïfier,
Tremble, Argos !...... le hibou dans son vol homicide
Tourne et cherche un front pur qu'il faut sacrifier,
Tourne, tourne et s'abat..... Dieux ! sur un fils d'Alcide !...»

A ces mots qu'en tremblant chacun redit tout bas,
Les Héraclydes seuls ne frissonnèrent pas.

III

A son retour de Delphe où de la prophétesse
Retentissait encor l'impitoyable arrêt,
Ixus, le doux poëte, en proie à la tristesse.
Pencha sont front rêveur ; le pauvre enfant pleurait !

Frêle roseau courbé par un souffle contraire,
Il pleurait, car hélas ! loin d'être son appui,
Ses frères, orgueilleux comme Hercule, leur père,
L'accablaient de dédains et se riaient de lui.

De lui, qu'un trouble étrange, une magique flamme
Comme un mal inconnu dévorait lentement ;
Et qui, dans des chansons simples comme son âme ,
Murmurait ses soupirs et son isolement.

Il pleurait en songeant que cette vie amère
Effeuillait à ses pieds tous ses rêves brisés ;
Que tout l'abandonnait, que jamais une mère
N'avait sur son front pur imprimé ses baisers !

Et qu'au jeune Lycus, par l'amour fiancée,
Sa sœur Macaria, son espoir ici-bas,
Des apprêts de l'hymen occupant sa pensée
Bientôt ne pourrait plus le consoler tout bas......

IV

Ixus pleurait encor quand sa sœur bien aimée
Vint essuyer ses yeux de son baiser vermeil,
Et son cœur recueillant cette haleine embaumée,
S'ouvrit comme une fleur aux rayons du soleil.

« Console-toi, dit-elle, ô mon divin poëte !
Pourquoi courber ton front sous le doigt des méchants ?
Pourquoi t'abandonner à ta douleur muette,
O mon frère inspiré !..... n'as-tu donc plus tes chants ?....,

Des chagrins du passé l'enfance est oublieuse ;
Ne te souviens donc plus, et ta main dans ma main,
Dis-moi quelque chanson touchante et merveilleuse,
De celles que tu dis aux buissons du chemin........ »

Macaria parlait comme parle une mère ,
Et l'enfant, du regard enveloppant sa sœur,
Evoquant pleurs, soupirs, toute une vie amère.
Chanta d'une voix triste et pleine de douceur.

V

Ouvrez, Macaria, vous seule m'êtes bonne,
O ma sœur ! et vous seule avez quelqu'amitié
Pour le timide enfant que chacun abandonne,
Pour Ixus, fils d'Hercule !...... ouvrez-moi, par pitié !......
Mon père, vous savez, m'accablait de sa haine,
Lui si fort ! moi chétif, né pour toujours souffrir......
Ouvrez, je suis Ixus, le pauvre Gui de chêne
    Qu'un coup de vent ferait mourir !

Mes frères, imitant l'exemple de mon père,
Railleurs m'ont dit un jour : — « Pour nous rendre immortels,
Apprends à ciseler et le marbre et la pierre,
Nous serons Dieux, peut-être, il nous faut des autels !......
Travaille donc !...... » Mais moi, j'aimais mieux sur l'arène
Tracer votre doux nom qui venait m'attendrir....
Ouvrez, je suis Ixus, le pauvre Gui de chêne
    Qu'un coup de vent ferait mourir !

Puis, mes frères m'ont dit : — « Un Chaldéen, notre hôte,
Sait lire dans le ciel : écoute ce vieillard,
Et dis nous si tu vois quelqu'étoile bien haute ,
Qui, belle et radieuse, annonce à ton regard
De la gloire pour nous !...... » Mais dans la nuit sereine ,
Vos yeux en chaque étoile aux miens venaient s'offrir..,..
Ouvrez, je suis Ixus, le pauvre Gui de chêne
    Qu'un coup de vent ferait mourir !

Et mes frères m'ont dit : — « Prends un arc et des flèches,
Va chasser !..... » mais en vain je parcourais nos bois
Rêvant et soupirant avec les ondes fraîches.
Un jour un rossignol tomba dans mon carquois

Et je vous l'apportai demi-mort ; votre haleine
Comme un souffle divin suffit pour le guérir.......
Ouvrez, je suis Ixus, le pauvre Gui de chêne
    Qu'un coup de vent ferait mourir !

Voyant cela, tous trois m'ont dit, dans leur colère,
Me frappant lâchement : — « Va, tu n'es bon à rien !... ., »
J'ai dévoré mes pleurs, j'ai l'âme haute et fière ;
Mais en songeant à vous, mon unique soutien,
A vous Macaria, que demain l'on enchaîne,
J'ai dit, sentant mon cœur se briser, se flétrir :
— Elevons le bûcher d'Ixus, le Gui de chêne,
    D'Ixus qui n'a plus qu'à mourir !......

Élevons le bûcher..... demain, quand l'hyménée
De fleurs aura paré le front pur de ma sœur,
Et que par un époux à la fête amenée
Elle me cherchera d'un œil plein de douceur,
Une voix répondra : — Cette flamme qu'à peine
Le regard voit briller aux cieux prêts à s'ouvrir,
C'est l'âme du poëte Ixus, le Gui de chêne
    Que la douleur a fait mourir !...

VI

En achevant ces mots d'une voix oppressée,
Noble plainte, tout bas redite mille fois,
Un soupir déchirant acheva sa pensée,
Et sa lyre plaintive échappa de ses doigts.....

Oh ! non, non, tu vivras ! lui dit tout attendrie
Sa sœur Macaria..... Tu vivras près de moi ;
Mon cœur te tiendra lieu de gloire et de patrie,
Tu souffres, tu languis, je serai tout pour toi !

Tiens, vois, je foule aux pieds ma couronne de fêtes :
Plus de fleurs, plus d'hymen, ô mon poëte aimé !
Je veux te préserver du souffle des tempêtes,
Et te voir souriant, et par moi ranimé.

De Lycus à l'autel l'attente sera vaine,
Mais qu'importe ?..... au bonheur ton âme s'ouvrira.
Lycus est heureux, lui !..... quelque vierge d'Athène
Consolera Lycus, et Lycus m'oubliera.....

Va, je veux dans tes yeux sécher toutes les larmes
Avec mes doux baisers de sœur ; je veux encor
Éloigner à jamais chagrins, soucis, alarmes,
De ton front où rayonne une auréole d'or.

A toi donc désormais, ô pauvre enfant qui pleures
Tous mes soins assidus et tous mes chastes vœux,
A toi seul mes amours de mère, à toi mes heures,
A toi toute ma vie, enfin, si tu la veux !.....

Ixus voulut répondre à cette voix si douce,
Mais tant d'émotions, tant d'ivresse en un jour,
Tant de bonheur à lui que chaque main repousse,
A lui tant d'avenir, tant de joie et d'amour,

C'était trop !... son regard jusqu'alors plein de fièvre
Se voila lentement..... pour ne plus se rouvrir ;
Un adieu, le dernier ! s'échappa de sa lèvre,
Et sa sœur en pleurant le regarda mourir !.....

VII

Le lendemain, à l'heure où les trois fils d'Alcide
De la foule écartant les flots tumultueux
S'approchaient de l'autel, calmes, l'œil intrépide,
Préparés à la mort qui planait sur l'un d'eux,

Un cri fit retentir tous les échos du temple :
Arrêtez !..... et soudain, vers le trépied sacré,
Une femme, une enfant qu'ému chacun contemple
S'avance, le front pur et de grâces paré.

La victime, dit-elle, offerte en sacrifice,
C'est moi, Macaria !..... moi qui bénis mon sort,
O mes frères, s'il doit vous devenir propice !
Je suis libre aujourd'hui, le pauvre Ixus est mort!.....

Havre, 20 Juillet 1861.

Havre — Imp. Lepelletier, place Louis-Philippe.